VENTE DU VENDREDI 27 AVRIL 1900

HOTEL DROUOT, SALLE N° 7

BONS

TABLEAUX ANCIENS

DES ÉCOLES

ANGLAISE, FRANÇAISE, FLAMANDE, HOLLANDAISE

ET ITALIENNE

Terres cuites du XVIIIe siècle

COMMISSAIRE-PRISEUR

Mᵉ TROUILLET

63, rue Sainte-Anne

EXPERT

M. B. LASQUIN

12, rue Laffitte

CATALOGUE

DE BONS

TABLEAUX ANCIENS

DES ÉCOLES

ANGLAISE, FRANÇAISE, FLAMANDE, HOLLANDAISE

Et Italienne

C. BÉGA, F. HALS, ÉCOLE D'HOLBEIN, FYT, JOUVENET, MAES,

MIÉRIS, PANINI, B. MONNOYER,

RAOUX, S. RICCI, ZORGK, J.-B. WEENIX, VINCKEBOOMS, ETC., ETC.

TERRES CUITES DU XVIIIe SIÈCLE

Dont la vente aura lieu

HOTEL DROUOT, SALLE N° 7

Le Vendredi 27 Avril 1900

A TROIS HEURES

COMMISSAIRE-PRISEUR	EXPERT
Me TROUILLET	**M. B. LASQUIN**
63, rue Sainte-Anne	12, rue Laffitte

Chez lesquels on trouve le présent Catalogue

EXPOSITION PUBLIQUE

Le Jeudi 26 Avril 1900, de 1 heure 1/2 à 5 heures 1/2

CONDITIONS DE LA VENTE

Elle sera faite au comptant.

Les acquéreurs paieront *cinq pour cent* en sus des prix d'adjudication.

L'exposition mettant le public à même de se rendre compte de l'état et de la nature des objets, il ne sera admis aucune réclamation une fois l'adjudication prononcée.

Paris. — Imp. de l'Art, E. Moreau et Cⁱᵉ, 41, rue de la Victoire.

DÉSIGNATION

TABLEAUX ANCIENS

BÉGA (Cornelis)

1 — *Scène d'Intérieur.*

Une servante de cabaret présente un verre de liqueur à un fumeur assis près d'une table où sont posés un brasero et une pipe.

Bonne peinture de l'artiste, bien conservée.

Panneau. Haut., 23 cent.; larg., 21 cent.

BLOEMEN (Van)

2 — *Le Cortége de la Mule du Pape.*

Nombreuses figures.

Toile. Haut., 76 cent. ; larg., 1 m. 14 cent.

BREDAEL (Pierre van)

3 — *Marché près d'un port de mer.*

Nombreuses figures.
Signé et daté à droite.

4 — *Marché de bestiaux à la porte d'une ville antique.*

> Pendant du précédent.
> Signé au bas, à gauche.
>
> Haut., 82 cent.; larg., 1 m. 20 cent.

CAILLET (Mademoiselle) 1780

5 — *Personnage oriental coiffé d'une toque.*

> Pastel signé.
>
> Haut., 54 cent.; larg., 45 cent.

CHARPENTIER

6 — *Le Jeune Chasseur.*

> En buste de profil à droite, coiffé d'une calotte rouge recouverte, en partie, par une toque noire; il porte un fusil sur l'épaule gauche. La courroie d'une gibecière est passée sur sa veste de drap vert.
>
> Toile. Haut., 35 cent.; larg., 42 cent.

CRAESBECK

7 — *Un Fumeur.*

> Debout, à mi-corps, coiffé d'une toque rouge bordée de fourrure, il tient une pipe et regarde le spectateur d'un œil goguenard.
>
> Bois. Haut., 31 cent. 1/2; larg., 26 cent. 1/2.

DIETRICH

8 — *La Résurrection de Lazare.*

> Toile. Haut., 41 cent.; larg., 38 cent.

DYCK (École de van)

9 — *Portrait d'Homme.*

En buste, de trois quarts à gauche, avec large
collerette bordée de guipure.

Toile. Haut., 46 cent. 1/2; larg., 35 cent. 1/2.

ÉCOLE ANGLAISE (xviii° siècle)

10 — *Tête d'Enfant.*

De trois quarts à droite, son charmant visage encadré d'une épaisse chevelure dorée, la bouche légèrement entr'ouverte, le regard exprimant une sorte
d'inquiétude tout enfantine.

La chemisette et le vêtement à l'état d'ébauche.

Toile. Haut., 44 cent.; larg.. 31 cent 1/2.

ÉCOLE FRANÇAISE (xviii° siècle)

11 — *Tête de Jeune Femme.*

En buste, légèrement tournée vers la gauche,
gracieux visage, à chevelure poudrée, enveloppée
d'une mantille noire nouée sous le menton, les
épaules recouvertes d'un peignoir rose laissant
apercevoir une partie de la gorge.

Toile. Haut., 41 cent.; larg., 33 cent.

ÉCOLE FRANÇAISE

12 — *La Musicienne.*

Jeune femme assise devant un clavecin, vêtue
d'une casaque bleue doublée de rose, laissant la poi-
trine à demi-découverte et entourée d'un fichu blanc,
la tête de face avec abondante chevelure ornée de
perles, elle tient une partition de la main droite.

Toile ovale. Haut., 77 cent. ; larg., 64 cent.

ÉCOLE FLAMANDE (xvie siècle)

13 — *La Nativité.*

Au centre d'une construction en ruines, l'Enfant Jésus couché sur une crèche de chaque côté de laquelle la Vierge et saint Joseph debout; en avant, une famille de donateurs, trois hommes, quatre femmes et un enfant, agenouillés en prière ; au fond, les bergers en adoration et un concert d'anges ; à droite, l'étable. Au loin, les maisons de la Ville. Sur la crèche, la date 1526.

Bois. Haut., 74 cent.; larg., 55 cent.

ÉCOLE FLAMANDE (Fin du xvie siècle)

14 — *Portrait d'un Jeune Homme.*

En buste, avec collerette tuyautée ornée de guipure, et pourpoint noir à crevés.
Cadre ancien.

Cuivre. Haut., 28 cent. 1/2; larg., 20 cent. 1/2

ÉCOLE HOLLANDAISE

(Th. de Keyser (?)

15 — *Petit Portrait de Femme.*

En buste, vêtue de noir, avec chemisette et large col bordés de guipure, elle regarde de face.

Cuivre. Haut., 19 cent.; larg., 13 cent. 1/2

FRAGONARD (Attribué à)

16-17 — *Statuettes d'Amours.*

Deux peintures en grisaille.

Toile. Haut., 38 cent.; larg., 23 cent.

FYT

18 — *Retour de Chasse.*

Six personnages, dames et gentilshommmes, avec deux chevaux et leurs chiens, reviennent de la chasse; le gibier est en partie posé à terre; un cheval, à droite, est encore chargé.

Les chiens et les gibiers, seuls, sont peints par Fyt.

Signature à droite sur le terrain.

Toile. Haut., 1 m. 25 cent.; larg., 2 m. 25 cent.

HALS (Frans)

19 — *Portrait de Michel de Waal, fondateur d'hospice, Officier du Corps de Saint-Adrien.*

Représenté assis, vu à mi-corps, tourné à droite, en costume gris, avec large collerette bordée de guipure, coiffé d'un grand feutre noir, le visage presque de face, portant les moustaches et barbiche.

Cette petite peinture gravée anciennement, nous paraît être une réduction de l'un des portraits se trouvant dans les grands tableaux de corporations du Musée de Harlem.

Bois. Haut., 23 cent. 1/2; larg., 18 cent. 1/2.

HEEM (Genre de David de)

20 — *Nature morte.*

Homard, coupe de fruits, raisins et mappemonde sur une table; à gauche, une signature incomplète.

Toile. Haut., 75 cent.; larg., 1 m. 6 cent.

HELST (Attribué à Van der)

21 — *Portrait d'Homme.*

En buste, large collerette, moustaches et barbiche.

Cadre Louis XIII en bois doré.

Cuivre. Haut., 23 cent. 1/2 ; larg., 18 cent. 1/2.

HERMANN (d'Italie)

22 — *Paysage accidenté avec rivière et figures.*
Soleil couchant.

Bois. Haut., 34 cent. ; larg.; 42 cent.

HILAIRE (?)

23 — *Tête d'Oriental à barbe blanche, coiffé d'un*
turban.

Toile. Haut., 55 cent.; larg., 45 cent.

HOLBEIN (École de)

24 — *Portrait d'Homme.*

Le visage presque de face, encadré d'une barbe
rousse émergeant d'une collerette tuyautée en guipure, coiffé d'une toque noire et vêtu d'un pourpoint
de velours à dessin noir sur fond gris.

Peinture d'un beau caractère.

Bois. Haut., 35 cent. 1/2; larg., 31 cent.

JOUVENET

25 — *Portrait d'un Magistrat.*

Assis dans un fauteuil, le corps tourné à droite,
la tête de trois quarts, coiffé de la grande perruque,
le bras droit appuyé sur l'accotoir du fauteuil.
Beau portrait.

Toile. Haut., 91 cent.; larg., 73 cent.

LAAR (Pierre de)

26 — *Attaque de brigands dans une caverne.*

Toile. Haut., 32 cent.; larg., 42 cent.

LALLEMAND

27 -- *Paysage d'Italie.*

Des pêcheurs relèvent leurs filets dans une rivière
qui vient baigner le premier plan; deux paysannes
suivent un chemin, à droite; au loin, un monastère
sur une colline et une ville au bord de la rivière.

Toile. Haut , 91 cent.; larg., 1 m. 17 cent.

LALLEMAND

28 — *Paysage accidenté.*

Traversé par une rivière; six figures occupent le
premier plan.
Pendant du précédent.

Toile. Haut., 91 cent.; larg., 1 m. 17 cent.

LARGILLIÈRE

29 — *Tête d'Homme*.

Presque de face, coiffé d'une perruque blonde.

Toile. Haut., 46 cent.; larg., 37 cent. 1/2.

MAES (Nicolas)

30 — *Portrait d'Homme*.

A mi-corps, de face, vêtu de noir, le bras droit accoudé sur une table recouverte d'un tapis de velours rouge; il tient des gants de l'autre main.
Signé à droite N. Maés.

Bois. Haut., 29 cent. 1/2; larg., 40 cent.

MIÉRIS

31 — *Saint François en prière*.

Le saint est agenouillé dans une grotte, devant un crucifix et un livre de prières, qui sont posés sur le roc au milieu d'autres livres près d'une tête de mort et d'une cruche de grès. A terre, une lanterne; à droite, un tronc d'arbre près d'une mare.
Bon tableau d'une exécution très achevée.

Panneau. Haut., 45 cent.; larg., 40 cent.

MONNOYER (Baptiste)

32 — *Bouquet de fleurs dans un vase*.

Toile. Haut., 79 cent.; larg., 63 cent.

MONNOYER (B.)

33 — *Fleurs.*

Bouquet de fleurs dans un vase posé sur une table de marbre.

Toile. Haut., 74 cent.; larg., 60 cent.

MOUCHERON

34 — *Paysage d'Italie avec fond de montagnes.*

Au premier plan, plusieurs figures près d'une rivière.

Toile. Haut., 30 cent. 1/2; larg., 46 cent.

OSTADE (Attribué à ISAAC)

35 — *Buveurs.*

Dans la cour d'une auberge, sept buveurs sont attablés, ils fument et chantent. A droite, quelques ustensiles; seaux, brocs à terre et sur une table rustique, au fond, deux villageois, vus de dos, sortent de la cour.

Bois. Haut., 30 cent.; larg., 44 cent.

OSTADE (Attribué à)

36 — *Intérieur de Cabaret.*

Cinq figures.

Bois. Haut., 22 cent. 1/2 ; larg., 31 cent. 1/2.

PANINI

37 — *Monuments de l'Ancienne Rome.*

La colonne Trajane, l'Arc de Septime Sévère à droite; le Tombeau de Caracalla, le Colisée et le Panthéon à gauche, près duquel la statue d'Hercule et un lion. Diverses figures sont disséminées dans cette composition. Belle peinture signée des initiales. Cadre ancien, en bois sculpté.

Toile. Haut., 77 cent.; larg., 1 m. 06 cent.

PETERS (Bonaventure)

38 — *Marine.*

Au centre, un rocher sur lequel se dresse une croix; au loin à droite, dans une éclaircie, un navire. Un gros nuage noir obscurcit toute la partie gauche du tableau.

Bois. Haut., 31 cent.; larg., 42 cent.

RAOUX

39 — *Portrait d'un Acteur.*

En buste de face, le regard dirigé vers la gauche. Il est coiffé d'un bonnet garni de fourrure. Le vêtement resté à l'état d'esquisse.

Toile. Haut., 62 cent.; larg., 45 cent.

RICCI (Sébastien)

40 — *La Toilette de Vénus.*

La Déesse, assise sur un tertre recouvert de draperies, est vue de dos, deux nymphes présidant à sa toilette.

A gauche, quatre enfants, dont l'un à califourchon sur un bouc, un faune et la statue de Pan, enguirlandée de fleurs. A droite, un grand vase sculpté, à demi caché par une draperie; à terre, un enfant couché près d'une amphore renversée.

Toile. Haut., 58 cent.; larg., 77 cent.

ROCKES dit ZORGH

41 — *Intérieur de cellier*.

> De nombreux ustensiles à terre et aux parois de la construction ; à gauche, un coq et une dizaine de poules au repos.
>
> Bonne peinture d'une tonalité dorée rappelant les œuvres de C. Saftleven ; elle porte au bas, à droite, un monogramme dans lequel nous croyons reconnaître celui de Rokes.

Bois. Haut., 44 cent.; larg., 60 cent.

SWEBACH

42 — *Paysages avec Cavaliers*.

> Deux pendants.

Bois. Haut., 16 cent,; larg., 21 cent.

VALLAYER-COSTER (Mme)

43 — *Nature morte*.

> Une bécassine, divers oiseaux morts, un nid d'oiseaux et des tulipes dans un vase, sur une console de marbre.

Toile. Haut., 64 cent.; larg., 50 cent.

VALLIN

44 — *Jeune Femme en allégorie de l'Automne*.

> En buste, couronnée de pampres, elle presse une grappe de raisins sur son sein nu.

Toile. Haut., 65 cent.; larg., 54 cent.

WEENIX (Jean-Baptiste)

45 — *Les Bergers.*

Un couple de jeunes bergers est assis au milieu du paysage; près d'eux, un chien, un bât, et divers ustentiles ; à gauche, un troupeau de chèvres et de moutons; plus loin, d'autres bestiaux et les bâtiments d'une ferme au pied d'un monticule ; à droite, perspective sur une rivière.

Toile. Haut., 68 cent.; larg., 1 m. 15 cent.

WEENIX (Jean-Baptiste)

46 — *Troupeau au repos.*

Dans un paysage accidenté offrant, à droite, des ruines de palais romains à colonnes, divers bestiaux sont au repos. Un cavalier passe sur un chemin où une bergère trait une vache, à gauche, d'autres animaux et des cavaliers près d'un cours d'eau.

Toile. Haut., 68 cent.; larg., 15 cent.

VINCKEBOOMS (David)

47 — *L'Arrivée à la Ferme.*

Un cavalier, deux charrettes montées par des villageois, l'une suivie de deux bestiaux, reviennent du marché et rentrent à la ferme dont les bâtiments sont abrités sous de grands arbres.

Panneau. Haut., 59 cent.; larg., 95 cent.

WYNANTS (Attribué à)

48 — *Paysage boisé.*

Au delà d'une rivière coulant dans le premier plan, des grands arbres, sous lesquels des bergers et leurs bestiaux; à droite, une échappée sur un paysage vivement éclairé.

Petit tableau d'une exécution très fine.

Bois. Haut., 22 cent.; larg., 17 cent. 1/2.

ÉCOLE MODERNE

49 — *Fardier chargé de pierres de taille à la descente d'un chemin.*

Toile. Haut., 53 cent.; larg., 64 cent.

50 — *Cinq gravures encadrées.*

51 — *Tableaux omis au catalogue.*

TERRES CUITES

52 — *Deux petits Bas-reliefs en terre cuite par Marin.*

Représentant chacun une faunesse couchée, jouant avec deux petits faunes.

Haut, 11 cent.; larg., 16 cent.

53 — *Haut-relief en terre cuite de la fin du XVIIIe siècle.*

Représentant le Massacre des Innocents, composition pleine de fougue d'une exécution libre dénotant la main d'un artiste habile du siècle dernier.

Haut., 47 cent.; larg., 70 cent.

MIRE ISO N° 1
NF Z 43-007
AFNOR
Cedex 7 – 92080 PARIS-LA-DÉFENSE

graphicom

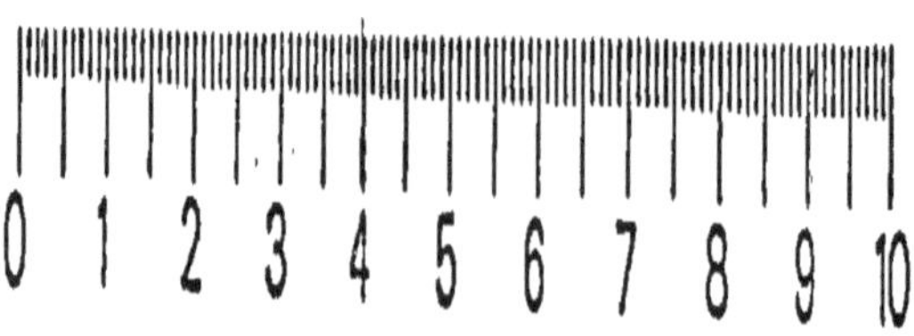

BIBLIOTHEQUE NATIONALE DE FRANCE

****

CHATEAU DE SABLE

1996